¿Te encanta tu mascota?

¿Amas a los animalitos adorables y cariñosos?

Para los pequeños que quieren ser doctores y enfermeras

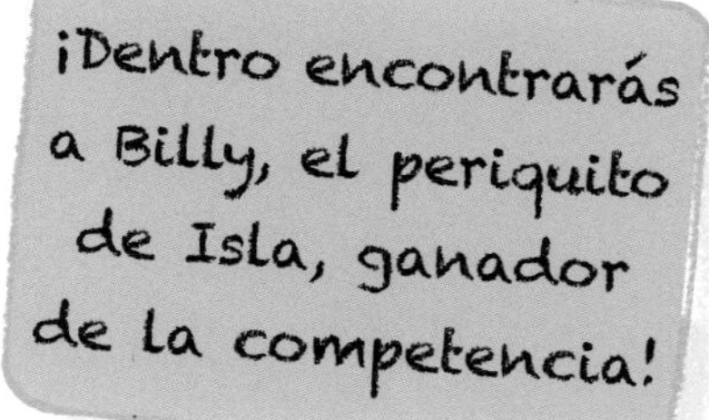

¡Dentro encontrarás a Billy, el periquito de Isla, ganador de la competencia!

¡A ver si puedes encontrarme!

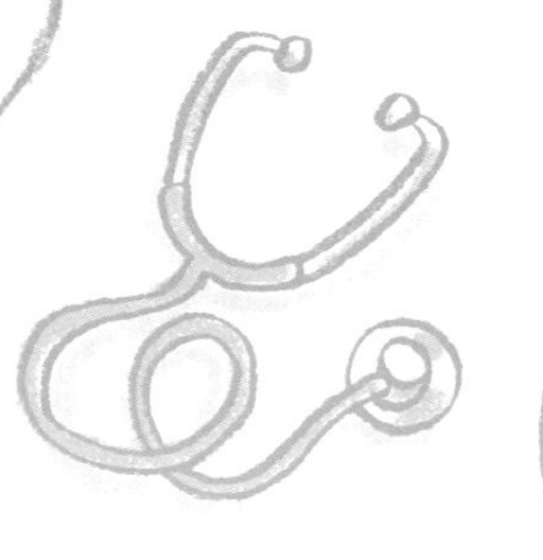

"Me encanta la doctora Kitty Cat porque ayuda a todos y Cacahuate es muy gracioso porque no le gustan los tejidos de la doctora Kitty Cat."
Isla, 7 años

"Mi parte favorita es cuando Cacahuate ayuda a Cebollín en el show de talentos."
Lucy, 6 años

Nota de la autora:
Jane dice...

"Una vez vi a una mamá pata que llamaba a una camada de patitos tiernos y esponjosos. Los conté mientras se metían debajo de sus alas. ¡Eran veintitrés! El último en llegar hacía pequeños ruidos al subirse encima de los demás para poder caber."

Muchos de los animales van a participar en el show de talentos de Pueblito alegre pero la pobre de Rosy no se siente muy bien. ¿Qué le pasará? ¿Se sentirá bien a tiempo para la presentación? ¡Tendrás que leer la historia para averiguarlo!

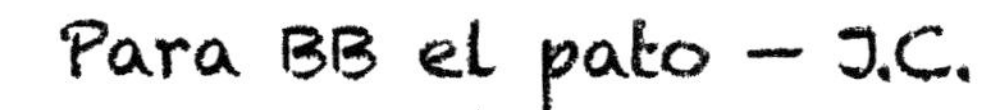

Título original: *Dr. Kitty Cat is ready to rescue, Willow the Duckling*
Editor original: Oxford University Press

Doctora Kitty Cat al rescate, Rosy la patita
ISBN: 978-607-7481-27-0
1ª edición: mayo de 2018

Aribau, 142 pral. 08036 Barcelona.

Ediciones Urano México, S. A. de C. V.
Av. Insurgentes Sur 1722, piso 3, Col. Florida,
Ciudad de México, C. P. 01030, México.
www.uranitolibros.com
uranitomexico@edicionesurano.com

Diseño Gráfico de cubierta: Richard Byrne.
Fotografías de cubierta: Tony Campbell, Kuttelvaserova Stuchelova, Bartkowski/Shutterstock.com
Diseño gráfico de interiores: Dynamo.
Fotografías de animales: Shutterstock.
Agradecimiento a Christopher Tancock por la asesoría de primeros auxilios.

Impreso en Litográfica Ingramex S. A. de C. V.
Centeno 162-1, Col. Granjas Esmeralda,
Ciudad de México, C. P. 09810, México.
Impreso en México – *Printed in Mexico*

Rosy la Patita

Jane Clarke

Uranito

URANITO EDITORES
ARGENTINA - CHILE - COLOMBIA - ESPAÑA
ESTADOS UNIDOS - MÉXICO - PERÚ - URUGUAY - VENEZUELA

Capítulo Uno

Cacahuate se asomó por la ventana de la clínica de la doctora Kitty Cat. Afuera de la puerta había una larga fila de animales que esperaban entrar.

"Va a ser una mañana muy ocupada," rechinó. "¡Parece que todos los animales de Pueblito alegre han venido a que los vacunes contra la influenza de plumas y pelitos!"

"Perrrr-fecto," ronroneó contenta la doctora Kitty Cat. "Nadie quiere contagiarse de influenza."

"Especialmente ahora," estuvo de acuerdo Cacahuate. "El show de talentos de Pueblito alegre es dentro de diez días."

"Estoy muy emocionada por ver las actuaciones de todos," maulló la doctora Kitty Cat mientras sacaba de la alacena de materiales una caja y se la pasaba a Cacahuate. "Hay muchos animales muy talentosos en Pueblito alegre."

Cacahuate abrió la caja. Estaba llena de tubitos individuales cubiertos de plástico y cada uno con su propio émbolo. Dentro de los tubitos había la misma cantidad de líquido.

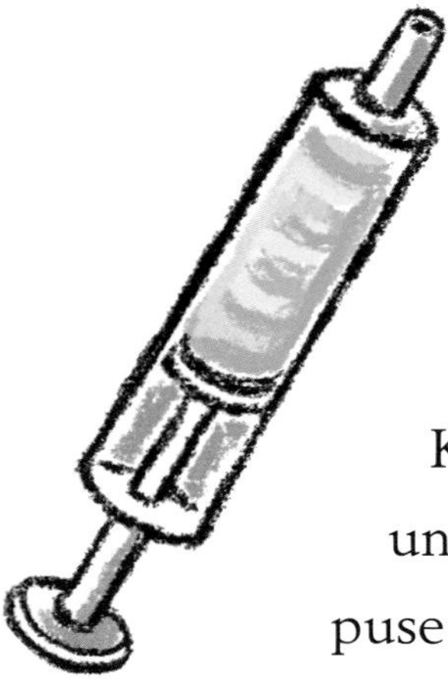

"Cada tubo contiene la dosis exacta de la vacuna," le dijo la doctora Kitty Cat cuando desenvolvía uno de ellos. "Yo ya me puse la mía. Ahora es tu turno, Cacahuate. Voy a vacunarte antes de abrir la clínica."

Las orejas de Cacahuate se retorcieron. "¡Eek!" rechinó. "¡No me gustan las inyecciones!" Sus bigotes temblaron.

"No temas, Cacahuate," maulló la doctora Kitty Cat. "La nueva vacuna de influenza de plumas y pelitos no es una inyección, es un spray nasal. El émbolo lanza un rocío de la vacuna dentro de tus fosas nasales. Terminaremos en un maullido."

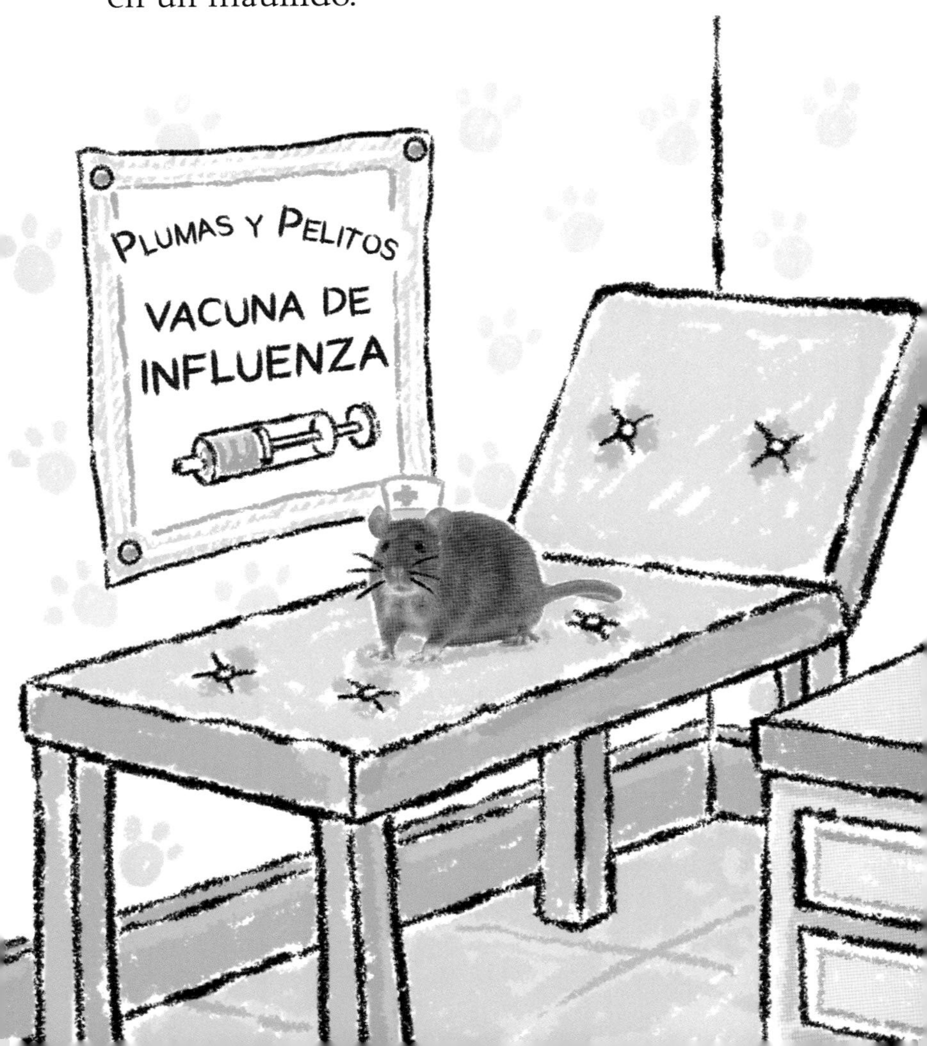

Cacahuate se sentó muy quieto mientras la doctora Kitty Cat ponía la punta del tubo en su nariz y empujaba el émbolo con su pata. No dolió nada.

"Eso no fue nada," dijo moviendo sus bigotes. "Solo se sintieron cosquillas."

"Muy bien," maulló la doctora Kitty Cat. "Ahora podrás tranquilizar a nuestros pacientes. Es hora de abrir la clínica."

Cacahuate corrió hacia la puerta. "¡Pasen!" les dijo a los animales que esperaban afuera. "La vacuna de la influenza es un spray nasal que no duele nada."

Almendra, el búho era el primero de la fila. Los miró y guiñó sus grandes ojos.

“No te preocupes,” le dijo Cacahuate. “Estás segura en nuestras patas.”

“No estoy preocupada,” ululó Almendra. “¿Pero para qué necesito tomar una medicina si no estoy enferma?”

"La influenza de plumas y pelitos es causada por un tipo de germen que se llama virus," explicó la doctora Kitty Cat. "La tos y los estornudos lanzan virus al aire. Las vacunas son una especie de medicinas que ayudan a tu cuerpo a combatir al virus antes de que éste te haga sentir mal."

"Y al estar vacunado proteges a todos en Pueblito alegre porque no te vas a contagiar del virus ni se lo vas a pasar a nadie," agregó Cacahuate.

"Ya veo," dijo Almendra y movió su cabeza de arriba a abajo. Esperó con paciencia mientras la doctora Kitty Cat le puso la dosis de vacuna en la nariz, que estaba en la parte de arriba de su pico.

"¡Muy bien!" maulló.

Cacahuate le dio a Almendra una calcomanía que decía ¡Soy un paciente perrrr-fecto de la doctora Kitty Cat!

¡Soy un paciente perrrr-fecto de la doctora Kitty Cat!

"Gracias," dijo Almendra. "No quiero que me de influenza. Soy la presentadora del show de talentos de Pueblito alegre. Estoy aprendiendo muchos chistes. ¡Va a ser muy divertido!"

"Estoy segura que sí," dijo riendo la doctora Kitty Cat.

"Yo voy a hacer unos trucos de magia," les dijo Trébol, el conejo, cuando avanzó e inclinó su peluda nariz para la doctora Kitty Cat. "¡Tengo que practicar mucho!"

"Yo decidí cantar una canción," ladró Lilly la perrita.

"Y yo voy a bailar un vals palmípedo," graznó emocionada Rosy la patita. "¡En verdad es muy difícil!"

El ruido de las conversaciones recorría la clínica mientras todos los animales hablaban emocionados al mismo tiempo sobre las cosas que harían en el show de talentos.

Muy pronto todos habían sido vacunados. Cacahuate sacó la libreta de 'Primeros auxilios peludos'.

"Estos son los animales que no van a contagiarse de influenza," comentó al mismo tiempo que anotaba sus nombres en la libreta.

"Qué bueno saberlo," maulló la doctora Kitty Cat y buscó su tejido en

su bolso. “No me gustaría que nadie se perdiera el show de talentos, están tan contentos con sus actuaciones.”

Yo nunca he actuado en un escenario, ¿me pregunto qué se sentirá? Cerró sus ojos y se imagino cantando y bailando bajo los reflectores.

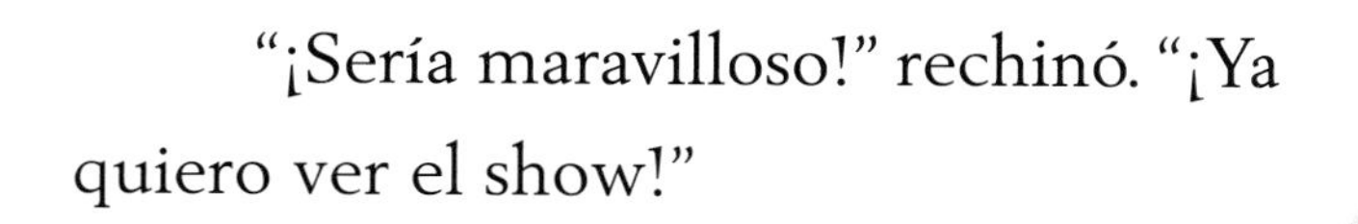

"¡Sería maravilloso!" rechinó. "¡Ya quiero ver el show!"

Capítulo Dos

La tarde de show de talentos en Pueblito alegre, Cacahuate y la doctora Kitty Cat estaban en la clínica trabajando en sus escritorios. Cacahuate leía en voz alta la libreta de 'Primeros auxilios peludos' de la doctora Kitty Cat.

"Los síntomas de la influenza de plumas y pelitos son: dolor de garganta, voz ronca, tos, fiebre, dolores y

cosquilleos musculares,"
leyó. Cerró la libreta.
"Suena muy malo,"
rechinó. "Espero que no
tengamos ningún brote en
Pueblito alegre. ¿Qué pasaría
si se contagia tan rápido como el
sarampatitas?"

"No temas, Cacahuate,"
maulló la doctora Kitty Cat.
"No hemos tenido ningún
caso de influenza desde
que vacunamos a los
animales." Abrió su
floreado bolso de
doctor y empezó a
revisar el contenido.

“Tijeras, jeringas, medicinas, pomadas, bolsas de gel frío, toallas y gel para limpiar las patas,” murmuró. “Estetoscopio, oftalmoscopio, termómetro, pinzas, vendas, gasa, venditas, lámpara quirúrgica, lupa, espejo dental… abate lenguas, pastillas

y calcomanías. Todo está donde tiene que estar." declaró la doctora Kitty Cat. "Si hubiera alguna emergencia esta noche en el show, estaremos listos para ir al rescate," dijo y enseguida sacó su tejido.

Cacahuate lo vio. Era largo, delgado y de rayas. La doctora Kitty Cat estaba tejiendo una pequeña bufanda. No me importaría que esa fuera para mí, pensó. Necesito una bufanda nueva para el invierno…

El teléfono que estaba en su escritorio comenzó a sonar.

Cacahuate levantó la bocina. "Clínica de la doctora Kitty Cat, ¿cómo podemos ayudarte?" preguntó mientras enrollaba la cuerda del teléfono alrededor de su pata.

"¡Eek!" rechinó. "Hablan del teatro de Pueblito alegre," le dijo a la doctora Kitty Cat. "Rosy se desmayó en el escenario al final del ensayo. Respira ruidosamente y jadea. ¡Parece que tiene influenza de plumas y pelitos! ¡Tendrán que cancelar el show!"

"No temas, Cacahuate," dijo la doctora Kitty Cat y contestó el teléfono.

"Mantengan a Rosy tranquila y quieta," ronroneó para tranquilizarlos. "¡Llegaremos en un maullido!"

Puso de nuevo la bocina en su lugar. "Tú también debes tratar de estar tranquilo, Cacahuate," le dijo mientras tomaba su floreado bolso de doctor.

"¡Lo intentaré!" Cacahuate apretó

con fuerza la libreta de 'Primeros auxilios peludos' entre sus patas y los dos corrieron hacia la gati-ambulancia.

La camioneta recién pintada estaba estacionada afuera de la clínica. Cacahuate y la doctora Kitty Cat saltaron dentro y movieron sus colas lejos de las puertas. Se abrocharon los cinturones.

"¿Listo para ir al rescate?" maulló la doctora Kitty Cat y agarró con fuerza el volante.

"¡Al rescate!" Cacahuate apretó con su pata el botón del tablero que encendía la sirena.

¡Nee-nah! ¡Nee-nah! ¡Nee-nah!

DRA KC 1

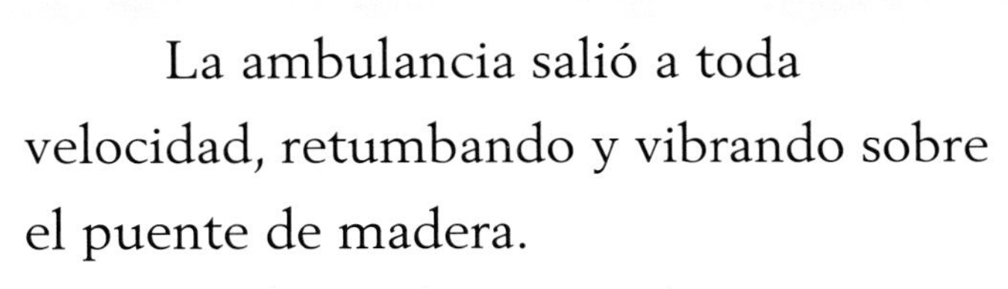

La ambulancia salió a toda velocidad, retumbando y vibrando sobre el puente de madera.

"¡Eek!" rechinó Cacahuate mientras rebotaba de arriba a abajo en su asiento.

"¡Eek!" rechinó de nuevo cuando la gati-ambulancia giró sobre dos ruedas en La curva del estanque.

La doctora Kitty Cat apretó su pata contra el acelerador.

¡Vroom! La gati-ambulancia corrió a toda marcha por el angosto camino en el campo.

La doctora Kitty Cat cree que es un piloto de carreras, pensó Cacahuate al cerrar los ojos. Sus bigotes comenzaron a temblar.

"¡Eek!" chilló. Su corazón latía muy fuerte y sus patitas sudaban.

"Estás aterrado, Cacahuate," murmuró la doctora Kitty Cat. "Tienes que aprender a calmarte y relajarte."

"¿Cómo?" chilló Cacahuate. "A veces respiro profundamente y eso parece ayudar un poco, pero no dura mucho."

"Los ejercicios de respiración son muy buenos," maulló la doctora Kitty Cat, "pero debes concentrarte y seguir repitiéndolos. ¿Listo?"

Cacahuate afirmó.

"Respira lento y profundo por la nariz como si estuvieras oliendo algo delicioso," ronroneó la doctora Kitty Cat. "¿Cuál es tu olor favorito?"

"El queso" rechinó Cacahuate. "¡Pero hay tantos olores distintos de queso!"

"Elige uno," le dijo la doctora Kitty Cat. "¿Que tal el Emmenthal?"

"Me encanta ese tipo de queso suizo con hoyos," suspiró Cacahuate. "Huele tibio, como a nuez y mantequilla…"

"Concéntrate en eso," maulló la doctora Kitty Cat para alentarlo. "Respira lento y luego suelta el aire lento y suave."

Cacahuate respiró y soltó un largo suspiro.

"Más lento, como si estuvieras apagando cien velitas en tu pastel de cumpleaños," siguió la doctora Kitty Cat.

"Pero yo no tengo cien velitas en mi pastel de cumpleaños," rechinó Cacahuate "¡No soy tan viejo!"

"Haz como si así fuera," le indicó la doctora Kitty Cat. Cacahuate infló los labios y sopló muy lentamente.

"Bien hecho," ronroneó la doctora Kitty Cat. "Concéntrate en respirar lenta y profundamente. Si sigues haciéndolo, muy pronto te sentirás más tranquilo."

Cacahuate se concentró mucho en su respiración. Era imposible pensar en eso y preocuparse por la forma de conducir de la doctora Kitty Cat. Sentía cómo se iban calmando los latidos de su corazón y sus bigotes paraban de temblar.

"¡Sí funciona!" sonrió y abrió sus ojos.

"Justo a tiempo," maulló la doctora Kitty Cat. "¡Llegamos!"

Pisó los frenos con sus patas y la gati-ambulancia rechinó las llantas y se detuvo afuera del teatro de Pueblito alegre.

Billy, el periquito que trabajaba en el teatro salió a recibirlos.

"Rosy dice que siente cosquillas en sus alas" pió.

"¡Eek!" rechinó Cacahuate. "Ese es uno de los síntomas de la influenza de plumas y pelitos..."

"No temas, Cacahuate," se dijo a sí mismo. Tomó dos respiraciones lentas y profundas, abrió la libreta de 'Primeros auxilios peludos' de la doctora Kitty Cat y revisó sus notas.

"¡El nombre de Rosy está en la libreta!" exclamó. "Sí vino a la clínica a recibir su vacuna. Entonces, no puede tener influenza de plumas y pelitos. ¿Qué tendrá?"

"Vamos a averiguarlo," maulló la doctora Kitty Cat.

Capítulo Tres

Cacahuate y la doctora Kitty Cat entraron de prisa al teatro de Pueblito alegre. Un grupo de pequeños animales estaba reunido en el centro del escenario. Se apartaron cuando la doctora Kitty Cat y Cacahuate llegaron al lugar. Al frente del escenario había una pequeña patita esponjada parada con su cabeza escondida debajo de sus alas.

"Ya estamos aquí," maulló la doctora Kitty Cat para tranquilizarla. "¿Puedes decirnos qué te pasa?"

Rosy asomó un poco la cabeza de debajo de sus alas. Temblaba tanto que sus plumas vibraban.

"Está respirando con tanto trabajo que ni siquiera puede graznar," les dijo Billy.

La doctora Kitty Cat abrió su bolso de doctor. "Muchas gracias a todos por su ayuda," les dijo a los animales. "Ahora les pido por favor que bajen del escenario. Cacahuate y yo vamos a averiguar qué tiene Rosy y vamos a curarla."

Los animalitos saltaron abajo del escenario.

La doctora Kitty Cat volteó hacia la patita que sufría.

"Rosy, voy a asegurarme de que no haya nada que te impida respirar," le dijo. "¿Puedes pararte muy quieta y abrir tu pico?"

Rosy afirmó.

La doctora Kitty Cat pudo ver que la vía aérea estaba libre. Entonces vio, escuchó, sintió y se aseguró de que la patita respirara normalmente.

"Ahora necesito escuchar tu pecho…"

Cacahuate le pasó el estetoscopio.

"No escucho ningún silbido," comentó la doctora Kitty Cat, "así es que no tienes un ataque de asma…"

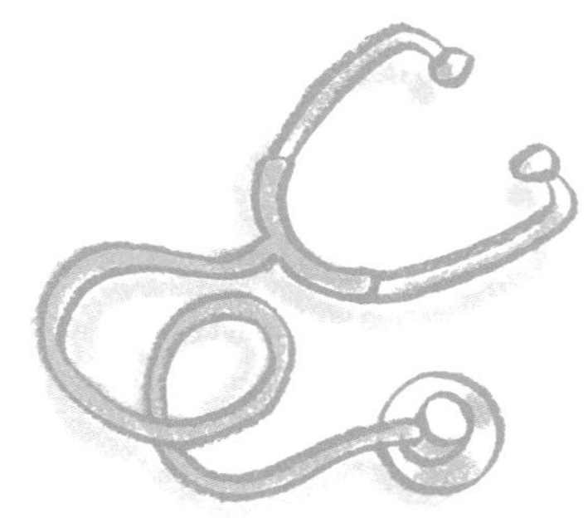

Cacahuate veía como la doctora Kitty Cat se aseguraba de que Rosy no estuviera en shock. “Hace mucho calor aquí por los reflectores, pero tus patas se sienten frías y húmedas...” observó.

“Igual que mis patas cuando estabas manejando,” murmuró Cacahuate.

La doctora Kitty Cat volteó a verlo. “Tal vez tengas razón, Cacahuate,” le dijo. Luego volteó hacia la patita.

“¿Sientes cosquillas en las alas?” le preguntó.

Rosy movió la cabeza.

"Muy bien." la doctora Kitty Cat sonrió. "Empiezas a sentirte un poco mejor. Vamos a moverte lejos de los reflectores."

Cacahuate le ayudó a la doctora Kitty Cat a mover a la esponjosa patita atrás del escenario.

"Rosy se va a sentir mucho más cómoda aquí," maulló la doctora Kitty Cat. "Yo me quedaré a cuidarla. Tú ve y pregunta a los demás que fue exactamente lo que pasó."

Cacahuate saltó del escenario. Los animales se reunieron alrededor de él.

"¿Rosy va a estar bien?" ladró Lilly nerviosa.

"Sí" les aseguró Cacahuate. "Ya se siente un poco mejor, pero todavía no puede graznar. La doctora Kitty Cat necesita saber exactamente qué fue lo que pasó, así es que necesito que respondan unas preguntas. ¿Quién puede decirme cuándo empezó a sentirse mal?"

Hubo una pausa y todos los animales se pusieron a pensar.

"Yo estaba atrás de Rosy en la fila para subir al escenario," dijo Calabacín el hámster. "Estaba arrastrando los pies mucho antes de que fuera su turno. Le pregunté qué le pasaba y dijo que tenía mariposas en el estómago. Yo le dije que yo también."

"¡Y yo igual!" silbó Canela, el conejillo de indias.

"¿Quién estaba delante de Rosy?" preguntó Cacahuate.

"¡Yo!" Lilly movió la cola al ver a Cacahuate.

"¿Cómo te pareció que se sentía Rosy?" le preguntó Cacahuate a la perrita.

“Dijo en voz baja que sentía latir muy fuerte su corazón y que estaba muy nerviosa,” ladró Lilly. “Que era un poco igual a lo que sentía yo.”

Trébol agregó, “yo estaba en el escenario haciendo mi truco de magia y desde allí podía escuchar su respiración.”

“Era el turno de Lilly después de Trébol,” le dijo Calabacín a Cacahuate. “Mientras cantaba, Rosy estuvo todo el tiempo resoplando y no paró de moverse. No podía estarse quieta.”

"¿Y qué pasó cuando llegó su turno?" preguntó Cacahuate.

"Parecía que se había quedado paralizada," ululó Almendra. "Tuve que decirle que subiera a bailar al escenario. Luego… cuando el reflector la alumbró, empezó a jadear y se desmayó en seguida. ¡Los llamamos de inmediato!"

"Gracias," rechinó Cacahuate. "Todos han ayudado mucho. Le diré a la doctora Kitty Cat." Corrió al fondo del escenario y le contó toda la información que había recibido.

"Suena como si Rosy tuviera un severo ataque de miedo escénico," maulló pensativa la doctora Kitty Cat.

"¿Esa podría ser la causa de todos sus síntomas? preguntó Cacahuate.

"El miedo escénico por sí solo no haría que sus patas estuvieran frías y húmedas y que sus alas temblaran," maulló la doctora Kitty Cat. "Pero un ataque de pánico sí podría hacerlo… creo que Rosy tuvo un ataque de pánico provocado por un miedo intenso de subir al escenario."

"¿Cómo te sientes ahora?" le preguntó a Rosy.

"Mucho mejor," graznó suavemente la patita.

"¿Puedes decirnos cómo te sentías cuando estabas bajo el reflector?" le preguntó cariñosamente la doctora Kitty Cat.

"¡Tenía tanto miedo!" graznó Rosy. "Mi corazón latía tan fuerte que no podía respirar, mis rodillas chocaban una contra otra y mis plumas temblaban. ¡Luego el lugar empezó a dar vueltas y sentí que me iba a ahogar!"

"Pobre Rosy, definitivamente tuviste un ataque de pánico," murmuró comprensivamente la doctora Kitty Cat.

"Un ataque de pánico puede ser algo muy, pero muy aterrador, pero ya pasó."

"¡Fue horrible!" graznó Rosy. "No creo que me atreva a subir a un escenario nunca más," dijo con cara de tristeza. "Me voy a perder el show de talentos y he practicado mucho para él. Me tomó mucho tiempo aprender mi baile."

"No toma mucho tiempo aprender a relajarse y a calmarse para que eso no vuelva a pasar," la tranquilizó la doctora Kitty Cat. "Una de las mejores maneras de hacerlo es con un ejercicio de respiración profunda, como el que te enseñé a ti, Cacahuate."

"¡De verdad ayuda!" chilló Cacahuate. "Tal vez debas enseñarle a todos. Muchos de los animales están muy nerviosos por sus presentaciones de esta noche."

"Es una muy buena idea," maulló la doctora Kitty Cat.

Cacahuate fue al frente del escenario y llamó a todos los animales.

"Rosy ya se siente mejor," les dijo "Tuvo un fuete ataque de pánico."

"¿Qué es un ataque de pánico?" silbó Canela.

"Es como un ataque muy fuerte de miedo escénico solo que mucho peor," les explicó Cacahuate.

Un murmullo de simpatía se escuchó por toda la sala.

"Es natural sentirse un poco nerviosos por estar en el escenario esta noche," chilló Cacahuate. "La doctora Kitty Cat les va a enseñar un ejercicio que los ayudará a estar tranquilos y relajados."

Cacahuate ayudó a Rosy a bajar del escenario y a reunirse con el público

mientras la doctora Kitty Cat se paraba bajo el reflector.

“Pueden hacer este ejercicio de pie, si fuera una emergencia,” anunció la doctora Kitty Cat, “pero cuando practiquen es mejor que estén relajados, así es que todos siéntense o recuéstense…” y esperó a que todos estuvieran cómodos. “Si quieren cierren los ojos.”

Cacahuate se recostó tranquilo en el piso.

“Ahora, respiren lento y profundo por la nariz,” les indicó, “como si estuvieran oliendo algo muy rico…”

“Como queso” chilló Cacahuate.

“O hierbas acuáticas,” graznó Rosy.

“¡O huesos!” ladró Lilly.

"El olor que elijan será diferente para cada quien," maulló tranquilamente la doctora Kitty Cat. "Ahora suelten el aire muy despacio por la boca..."

"Como si estuvieran apagando cien velitas de su pastel de cumpleaños," agregó Cacahuate.

"O hagan como si estuvieran soplando muchas burbujas o inflando un globo," maulló la doctora Kitty Cat.

"Sigan respirando despacio mientras imaginan que están en su lugar favorito, haciendo lo que más les gusta..."

"Yo me estoy comiendo todo un campo de dientes de león," silbó Canela.

"Yo estoy en una cancha de tenis correteando una pelota," ladró Lilly.

"Yo estoy pataleando por un arroyo de agua clara," graznó Rosy.

La doctora Kitty Cat bajó la voz. "Sigan respirando despacio y profundo y concéntrense en lo que pueden ven, escuchar y oler..." maulló suavemente.

Cacahuate cerró los ojos. Era fácil imaginar que estaba en una tienda de quesos, respirando deliciosos olores de cientos de quesos. Los probaré uno por uno, pensó, empezando por ese queso azul que huele a calcetines apestosos…

"¡Cacahuate está babeando!" ululó Almendra.

Cacahuate pegó un brinco y limpió su boca con la parte de atrás de su patita.

"Traten de concentrarse en lo que están haciendo, no en lo que los otros hacen," les dijo la doctora Kitty Cat y Cacahuate volvió a acostarse.

La sala entró en silencio mientras todos los animales practicaban respirar despacio y profundo. En poco tiempo sintió que se iba quedando dormido con el sonido de los ronquidos de una pata, los gruñidos de una perra y los resoplidos de un conejillo de indias.

"Es tiempo de abrir los ojos despacio," anunció la doctora Kitty Cat.

"Todos lo hicieron muy bien." La doctora Kitty Cat bajó del escenario.

"¿Cómo te sientes, Rosy?" le preguntó.

"Ya me siento mucho más tranquila y relajada," dijo en medio de un bostezo la patita.

Cacahuate movió las orejas para despertarse. "¿Crees poder subir al escenario esta noche?" chilló.

"Lo intentaré," graznó Rosy.

"Estaremos aquí viendo el espectáculo y les echaremos porras a todos," prometió la doctora Kitty Cat.

"Y rescataremos al que lo necesite," agregó Cacahuate.

Capítulo Cuatro

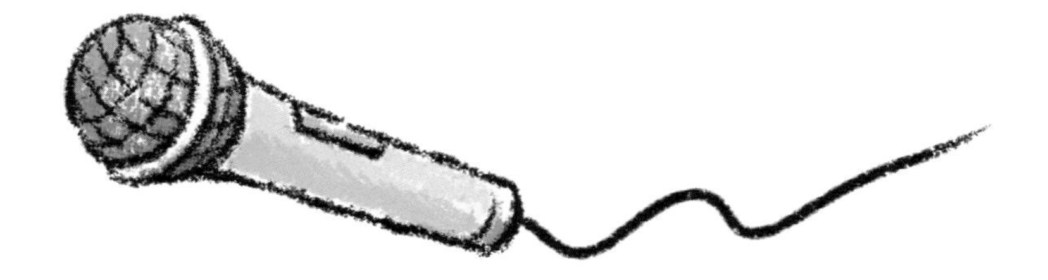

La doctora Kitty Cat y Cacahuate ocuparon sus lugares en primera fila. Las luces del teatro empezaron a apagarse. Almendra pasó al centro del escenario frente al telón.

"Bienvenidos al show de talentos de Pueblito alegre," anunció mientras el reflector la alumbraba. "Va a ser un gran espectáculo, y yo les voy a contar

un chiste antes de pasar al seeeg…"
Almendra hizo una pausa y el público reía. "¿Cuál es la verdura favorita de los búhos? Movió las alas y parpadeó con sus grandes ojos. "¡La lechuza!" ululó.

Cacahuate reía. "Almendra se ve muy tranquila y relajada allá arriba, ¿verdad?" susurró a la doctora Kitty Cat.

"Tiene un talento natural," maulló ella.

"Y ahora," declaró Almendra cuando las risas se calmaban, "demos un aplauso con sus patas y sus alas para el primer acto: ¡Trébol el conejo mágico!"

El público aplaudió y el telón se abrió para dejar ver un sombrero de copa a mitad del escenario.

"¡Ta da!" ululó Almendra al mismo tiempo que Trébol saltaba fuera del sombrero, agitando la varita mágica con su pata.

“Para mi siguiente truco, necesito un asistente,” dijo Trébol al público. Cacahuate levantó la pata.

Todos aplaudieron cuando Cacahuate subió al escenario. Veía a todo el público mientras Trébol fingía sacarse una zanahoria de la oreja.

¡Todos me están viendo! Pensó. Era emocionante pero también daba miedo.

“Ahora, vamos a disfrutar una canción de Lilly, la perrita,” anunció Almendra al mismo tiempo que Cacahuate regresaba a su asiento con la doctora Kitty Cat.

“¡Ak, ak, ak!” Lilly se aclaró la garganta y comenzó a cantar. “Cuando estés triste, no llores ni te quejes;

mejor salta y mueve tu colita," cantaba desentonada. Los animales saltaban en sus lugares y se unieron al coro.

"Lilly es una gran cantante," rechinó Cacahuate, "pero me duelen un poco los oídos."

"Gracias, Lilly, por hacerme aullar," comentó Almendra muy seria. Todos soltaron una carcajada. Lilly hizo una pequeña reverencia y se paró bajo el reflector moviendo la cola.

"Nuestro siguiente concursante es Rosy, la pata," anunció Almendra. "Rosy va a bailar el vals del palmípedo."

Todos aplaudieron con sus patas y sus alas pero el escenario siguió vacío.

"¿En dónde está?" chilló Cacahuate. "Espero que no haya tenido pánico escénico de nuevo."

Hubo una pausa muy incómoda. Los animales del público se veían unos a otros.

"¡Allí está!" el público suspiró con alivio cuando Rosy se deslizó suavemente hacia el escenario. Llevaba un hermoso vestido largo cubierto de brillos.

La música del vals empezó pero Rosy no se movió.

"¡Está paralizada!" rechinó Cacahuate. "¿Tendrá otro ataque de pánico?"

"No," maulló con calma la doctora Kitty Cat. "Está haciendo sus ejercicios de relajación. ¡Mira!"

Cacahuate vio a Rosy. Los ojitos de la pequeña pata estaban cerrados y podía ver cómo sus suaves plumas se movían mientras respiraba lenta y profundamente.

Luego Rosy abrió los ojos. "¿Por favor pueden poder la música otra vez?" graznó.

Cacahuate aguantó la respiración cuando la música empezó de nuevo, pero no había de qué preocuparse. Rosy levantó sus alas con gracia y empezó a bailar con sus grandes patas palmeadas. Su precioso vestido brillaba bajo la luz de los reflectores mientras ella giraba y giraba por el escenario. Luego, cuando terminó la pirueta final, pisó sin querer su pata derecha con la izquierda y tropezó peligrosamente. Cacahuate no se atrevió a mirar. Pero Rosy hábilmente agitó sus alas y logró evitar la caída. Al dar gracias al público, tenía una gran sonrisa.

Todos se pusieron de pie y aplaudieron y aplaudieron.

“Muy bien, Rosy,” la felicitó la doctora Kitty Cat.

Rosy hizo otra reverencia y miró hacia abajo.

“Gracias a todos, en especial a la doctora Kitty Cat,” graznó. “¡Me ayudó a vencer mi miedo escénico!”

Capítulo Cinco

El público estaba de pie aplaudiendo, cuando Cacahuate escuchó una voz rasposa.

"Me toca subir al escenario pero me duele mucho la garganta," dijo Cebollín, el pequeño zorro con un áspero susurro. "¿Pueden ayudarme?"

Cacahuate se puso a pensar. ¡No podía recordar si habían vacunado a

Cebollín contra la influenza de plumas y pelitos!

"¿Ya tienes tu vacuna de influenza?" le preguntó.

"No," aulló Cebollín. "Ese día tenía dolor de panza y no pude ir a la clínica."

Cacahuate hizo un ligero rechinado. "¡Eek!"

La doctora Kitty Cat volteó a verlo. "¿Qué pasa?" maulló.

"Cebollín tiene la voz rasposa y le duele la garganta," chilló Cacahuate. "Esos son síntomas de influenza de plumas y pelitos. ¡No lo vacunamos!"

"¡Síganme!" La doctora Kitty Cat tomó su floreado bolso de doctor y llevó a Cacahuate y a Cebollín hacia los vestidores que estaban al lado de la sala.

"Todo Pueblito alegre está aquí esta noche," rechinó Cacahuate. "Si Cebollín tuviera influenza, podía contagiar a todos los que no están vacunados. ¡Habría una epidemia!"

"No temas, Cacahuate," maulló la doctora Kitty Cat. Cebollín no se ve enfermo, ¿o sí?"

Cacahuate respiró lento y profundo tres veces, como le había enseñado la doctora Kitty Cat.

"No voy a entrar en pánico," le dijo. "Voy a pensarlo bien como siempre lo hago."

La doctora Kitty Cat estuvo de acuerdo. Cacahuate volteó a ver al pequeño zorro.

"¿Sientes cosquillas o dolores en los músculos?" le preguntó a Cebollín.

El pequeño zorro movió la cabeza.

La doctora Kitty Cat puso su pata sobre la nariz de Cebollín. "Tu nariz está fría y mojada," aseguró. "No creo que tengas fiebre." Tomó la temperatura de Cebollín con su termómetro para asegurarse. "Además de la garganta, ¿te sientes mal de algo más?"

Cebollín movió la cabeza.

"Los ojos de Cebollín brillan y su cola está esponjada, además de que no tiene fiebre," chilló Cacahuate. "Después de todo, no creo que tenga influenza. ¡Fiu!"

La doctora Kitty Cat sonrió. "Ahora tienes que descubrir qué es lo que le pasa," le recordó a Cacahuate.

"Cebollín, ¿has hecho algo para que te duela la garganta?" preguntó.

"Solo cantando como tirolés, gruñó Cebollín. "Llevo todo el día practicando, es mi acto."

"Creo que practicaste demasiado," le dijo Cacahuate. "Has forzado mucho tu voz."

La cola esponjada de Cebollín y su cabeza se fueron para abajo.

"¿Cómo voy a cantar si lastimé mi voz?" susurró.

La doctora Kitty Cat abrió su bolso de doctor y le dio a Cebollín una cajita.

"Chupa estas pastillas para la garganta," le dijo. "Pronto te van a calmar y podrás actuar, pero solo deberás cantar la mitad de lo que ibas a hacerlo. Después tendrás que descansar tu voz lo más que puedas por un día o dos."

“Y deberás venir a la clínica por tu vacuna de influenza,” agregó Cacahuate.

“Peor será una actuación muy corta si canto solo la mitad,” refunfuñó Cebollín un poco triste y con la pastilla en la boca.

Cacahuate se puso a pensar. Le vino la imagen de una cabra cantando tirolés en los Alpes suizos. Los cantos rebotaban de las montañas.

“¿Qué pasaría si tus cantos hicieran eco en algún lado?” sugirió. “Eso haría que durara más tiempo. Pero no hay montañas para que reboten…”

"¡Alguien podría hacer el eco de su canto!" exclamó la doctora Kitty Cat. "Y no tendría que estar en el escenario con Cebollín, podría estar atrás."

"¡Yo lo haré!" rechinó Cacahuate. Sus bigotes se torcieron de la emoción mientras encontraba un disfraz.

Cebollín paró las orejas. "¡Genial!" ladró. "Es hora de empezar, ¡vamos!"

"Y el siguiente acto," anunció Almendra, "¡es Cebollín el pequeño zorro cantando como tirolés!"

Cebollín se paró bajo el reflector y alzó su hocico hacia el techo.

"¡Yodel-ay-i-ooo!" cantó.

Cacahuate puso sus patitas junto a su boca.

"Yodel-ay-i-ooooooooooooo!" cantó de vuelta.

"¡Yodel-odel-odel-odel-ay-i-ooo!" cantó con una pata junto a su oreja.

Cacahuate corrió al otro lado del escenario y se puso a hacer eco, "¡Yodel-odel-odel-odel-ay-i-ooooooooooooo!"

Cebollín movió su cola esponjada mientras iba de un lado al otro con cara de sorpresa.

"¡Ja, ja, ja!" reía el público.

"¡Qué divertido!" pensó Cacahuate. Cada vez que Cebollín cantaba, el corría a un lugar diferente para responderle.

Se escondió detrás de la escenografía, subió hasta lo alto del telón y, finalmente, sacó la cabeza por la puerta secreta a mitad del escenario.

"¡Yodel-odel-odel-odel-ay-i-ooooooooooo!" cantó.

Cebollín y todos los demás morían de las carcajadas.

"Gracias a Cebollín por sus cantos y a Cacahuate por sus ecos." Almendra aplaudió con sus alas mientras ellos hacían su reverencia. "¡Fue un éxito!"

Capítulo Seis

"¡Yodel-odel-odel-odel-ay-i-ooooooooo!" cantaba Cacahuate en el camino hacia la gati-ambulancia. "¡Estuvo increíble!" le dijo a la doctora Kitty Cat.

"Nunca había estado en un escenario."

"Y yo nunca había visto a alguien moverse tanto," rió la doctora Kitty Cat. "¡Estuviste maravilloso, Cacahuate!"

Muy pronto la gati-ambulancia estaba estacionada en su lugar de siempre frente a la clínica. La doctora Kitty Cat bajó el asiento y tendió su cama con su edredón de patitas. "¡Qué día!" maulló.

Cacahuate subió a su pequeña cabina y se metió a su cama. Cerró los ojos y trató de respirar lenta y profundamente. Pero no sirvió de nada. “¡Estoy muy emocionado como para dormir!” rechinó.

“No me sorprende,” rió la doctora Kitty Cat. “Te enseñaré un ejercicio que te ayudará a tranquilizarte,” le dijo. “Yo también lo haré, es muy relajante. Primero te acuestas, cierras los ojos y tomas cinco respiraciones lentas y profundas. ¿Listo?”

“Listo,” rechinó Cacahuate.

“Mueve los dedos de tus pies,” murmuró la doctora Kitty Cat. Apriétalos fuerte y has un arco con el pie. Detenlo así durante 1… 2… 3… 4… 5… segundos. Ahora relájate.”

Cacahuate siguió sus instrucciones. “Mis pies y mis piernas se sienten flojas,” comentó.

“Así es como tienen que sentirse,” ronroneó la doctora Kitty Cat. “Aprieta

los músculos de tu panza por cinco segundos y luego suelta."

"Eso se siente muy bien," suspiró Cacahuate.

"Ahora junta tus omóplatos, que son los huesos atrás de tu espalda," siguió la doctora Kitty Cat. "Cuenta hasta cinco… y relájate."

Cacahuate hizo lo que le decía.

"Y, finalmente, arruga tu nariz y aprieta mucho tu mandíbula. Sostenla… sostenla… y suelta. Eso es. ¿Cómo te sientes?" le preguntó la doctora Kitty Cat a Cacahuate.

"Mi cuerpo se siente muy relajado," rechinó Cacahuate, "pero yo todavía no tengo sueño."

“¿No?” bostezó con mucho sueño la doctora Kitty Cat. “Tengo algo que tal vez puede ayudarte,” maulló.

Cacahuate escuchó que abría su bolso. ¿Qué medicina me va a dar? pensó.

La doctora Kitty Cat apareció en la entrada de la cabina de Cacahuate con un frasco en su pata.

"¡Eek!" chilló Cacahuate. "¿Tengo que tomar todo eso?"

"No temas, Cacahuate," ronroneó la doctora Kitty Cat. "Solo es aceite de lavanda. Una gota en tu almohada es lo mejor para ayudarte a dormir profundamente."

Cacahuate movió los bigotes al mismo tiempo que el olor a lavanda lo rodeaba.

"Duerme ya," murmuró. "Mañana será otro día muy ocupado y los encargados de primeros auxilios peludos tienen que estar descansados y listos para ir al rescate."

Cacahuate cerró los ojos y respiró lenta y profundamente. Era fácil imaginar que estaba en un campo de lavanda con el sol brillante y un cielo de verano sin nubes. Lo hacía sentirse bien, caliento y cansado.

"Buenas noches, doctora Kitty Cat," dijo con un bostezo. "¡Mañana estaré listo para ir al rescate!

Fin

¿Qué hay en el bolso de la Dra Kitty Cat?

Estas son solo algunas de las cosas que la doctora Kitty Cat siempre lleva en su floreado bolso de doctor.

Vendas

Las vendas son pedazos de material tejido que se usan para cubrir una herida o proteger una parte lastimada del cuerpo. La doctora Kitty Cat usa sus tijeras para cortar el pedazo justo que necesita y luego le pone un clip, un seguro o un pedazo de cinta para que se quede en su lugar.

Aceite de lavanda

La doctora Kitty Cat siempre tiene a la mano una botella de aceite de lavanda para cuando ella o Cacahuate necesitan un poco de ayuda para dormir. Pone una gota en sus almohadas y el delicioso aroma los ayuda a relajarse y a tener una buena noche de sueño.

Lupa

Las lupas tienen una lente especial que se curva un poco hacia afuera, y esto hace que los objetos que se ven a través de ella se vean más grandes de lo que son realmente. La doctora Kitty Cat usa su lupa cuando quiere ver bien algo muy pequeño, como una astilla.

Pastillas para la garganta

Cuando un paciente llega a ver a la doctora Kitty Cat con dolor de garganta, porque está resfriado o porque haya cantado demasiado, ella le da una pastilla para la garganta. La pastilla se disuelve lentamente en la boca cuando se chupa y tiene ingredientes que ayudan a quitar el dolor.

Si te gustó Rosy la Patita, este es
un resumen de otra de las aventuras
de la doctora Kitty Cat:

Dra Kitty Cat al rescate: Daisy la Gatita

Esta vez la doctora Kitty Cat ayuda
a una pequeña gatita llamada Daisy que
se lastimó en el concurso de panecillos.
¿Qué le habrá pasado?

"Tengo que ponerles betún a mis panecillos," se quejó Daisy. "¡Pero no puedo, me duele mucho!"

"Te curaremos en cuanto sepamos qué es lo que te pasa," la tranquilizó la doctora Kitty Cat.

La doctora Kitty Cat sonrió al ver a la Señora Avellana y a los demás animales. "Daisy está a salvo en nuestras

patas," les dijo. "Por favor sigan haciendo sus panecillos y nosotros la ayudaremos."

Cacahuate volteó a ver a Daisy. "A ver, Daisy," rechinó. "Nos contaste sobre tus panecillos, pero lo que la doctora Kitty Cat realmente necesita saber es qué parte te duele…"

¡Otros títulos de la colección que no te puedes perder!